圖書在版編目(CIP)數據

明解增和千家詩注.—北京：北京圖書館出版社，1998.12(2007.3 重印)
ISBN 978-7-5013-1307-5

Ⅰ.明… Ⅱ.… Ⅲ.古典詩歌－注釋－中國 Ⅳ. I222.72

中國版本圖書館 CIP 數據核字（98）第 37000 號

ISBN 978-7-5013-1307-5

書　　名	明解增和千家詩注
出版發行	北京圖書館出版社（100034 北京西城區文津街 7 號） 010-66139745 66175620 66126153 010-66174391（傳真） 010-66126156（門市部）
E-mail	cbs@nlc.gov.cn（投稿） btsfxb@nlc.gov.cn（郵購）
Website	www.nlcpress.com
經　　銷	新華書店
攝影製版	北京方舟正佳圖文設計有限公司
印　　刷	金壇古籍印刷廠
印製總監	周鎮嵐
開　　本	16開
印　　張	3.5
版　　次	1998 年 12 月第 1 版 2007 年 3 月第 4 次印刷
書　　號	ISBN 978-7-5013-1307-5/I · 119

增和

蕭條遁跡困衡茅
兵亂時荒心益焦
食歉兒童嗟歲窘
祖徵田野歎無苗
裙衫苧葛何供績
廚爨荆薪旋採燒
安得清平官府遇
政行薄賦與輕徭

也

時世行　杜荀鶴

夫因兵亂守蓬茅　麻苧裙衫鬢髮焦
桑柘廢來猶納稅　田園荒盡尚徵苗
時挑野菜和根煑　旋斫生柴帶葉燒
任是深山最深處　也應無計避征徭

釋義 桑柘二木名此詩因用於世亂而作首言遭兵戈之擾則守居蓬茅陋舍次言麻苧粗服言其衣有不足之意鬢髮焦枯言所食有不足之意次聯承上言身既貧困後遭暴虐桑柘既廢猶納賦稅田園既荒尚迫徵苗第三聯亦承上而言由徵納之重致貧益甚野菜和根煑則不足以充饑生柴帶葉燒則不足以充用極言其無聊生之處雖極深山深處亦無計以逃避征徭之擾也

明解增和千家詩註二卷　終

增和

舉世兵戈何所之
寸心憔悴髮如絲
傷嗟忍醉樽中酒
感嘆愁成筆下詩
書絕幾年人莫遇
月明深夜鵲無枝

言因佛骨表諫憲而謫潮陽有八千里路次聯言上表本為聖朝除異端之弊政雖蒙禍患而不顧敢惜衰朽之殘年乎此四句公自道也及至途中將見雲橫秦嶺擧目而思家之遠雪擁藍關馬怯寒而不前此二句公續前日花中之句也汝指湘子也至藍關之時見一人冒雪而來公言知遠來應有意以扶我如有不測之事好收吾骸骨於瘴江之邊

干戈　王中

干戈未定欲何之　一事無成兩鬢絲
蹤跡大綱王粲傳　情懷小樣杜陵詩
鶺鴒音斷雲千里　烏鵲巢寒月一枝

何當斂跡居東海
學理絲綸過此時

安得中山千日酒　酩然直到太平時

釋義 王粲魏人字仲宣因西京擾亂往荊州投劉表登樓作賦杜陵杜甫也居杜陵避祿山之亂居成都常作詩以言愛君憂國之意鶺鴒鳥名詩云鶺鴒在原兄弟急難比兄弟之和好也烏鵲詩言維鵲有巢此詩苦於干戈之擾亂而作也首言干戈不寧欲何處可避次言一事未得成就而鬢髮成絲之老次聯言當今之蹤跡其大綱有類王粲傳中所敘之出處其情所懷抱少似杜甫詩中所載之仕止三聯言兄弟音信隔千里雲山之遠烏鵲巢中寂寞僅得月下一枝之棲言無托身之所也末言安有中山醉人千日之酒酩酊直到太平之時方醒甚言干戈之亂所不堪

第二聯言清淺之水映橫斜之疎影黄昏之月照暗香之浮動此二句狀梅之事極妙第三聯霜禽欲下而駭愕故先偷眼粉蝶本白見梅之尤白自驚而斷魂末言幸有吟詩章可與相親近何用檀板以節歌曲舉金樽以共酌賞者哉

自詠　韓文公

一封朝奏九重天　夕貶潮陽路八千
本為聖朝除弊政　敢將衰朽惜殘年
雲橫秦嶺家何在　雪擁藍關馬不前
知汝遠來應有意　好收吾骨瘴江邊

增和、

還流自別九重天
莫訴中心事萬千
謫難且甘當此日
式微未識賦何年
八千道路家鄉外
萬疊雲山眼目前
馬阻藍關風雪重
滿懷愁思浩無邊

釋義一封謂奏疏唐憲宗迎佛骨於鳳翔公上疏諫之九重謂天子居九重之尊夕貶謂朝奏而夕貶因諫佛骨憲宗貶公為潮州刺史潮陽縣屬廣東弊政謂信佛異端之事殘年謂衰老之年秦嶺藍關俱在潮陽縣界公有姪名湘常散誕無拘公勸之為學湘曰吾所學非公所知作詩曰青山雲水窟此地是吾家後夜流瓊液淩晨咀落霞琴彈碧玉調爐煉白朱砂寶鼎存金虎鉛田養白鴉一瓢藏世界三尺斬妖邪解造逡巡酒能開頃刻花有人來訪我同共看仙葩公曰子能奪造化之權乎湘曰試為之将見逡巡之間而成酒頃刻而花開花内出一金牌題云雲橫秦嶺家何在雪擁藍關馬不前公未諭其意湘曰他日見之此詩公自詠也首

衣楚囚晉景公見鍾儀曰南冠而縶者誰也有司曰鄭人所獻楚囚也此詩因長安秋望而作首言天初曉之時見雲物寂寞次言天漢秋高國宮闕聳動雲漢三句言殘星未落而鴈橫遠塞四句言笛聲尚在而人倚高樓皆應初曉之時所見之物第三聯言遠望所見籬菊當半開而色正艷渚蓮之衣落盡使人悲愁植秋容之凄涼也末嘆言今鱸魚肥美當學張翰命駕而歸何必戴南冠而學楚囚耶因感景而思鄉也故言此

冬景

初冬　劉後村

晴窗早覺愛朝曦　竹外秋聲漸作威

滿園蓉菊

命僕安排新暖閣　呼童熨帖舊寒衣
葉浮嫩綠酒初熟　橙切香黃蟹正肥
蓉菊滿園皆可羨　賞心從此莫相違

釋義　曦日光竹葉酒名竹葉青也蟹介虫腹黃如雞卵其味極美蓉菊謂芙蓉菊花也此詩首言早愛朝曦猶冬日可愛也既言秋聲未息漸轉作霜威初冬之意也次言安排暖閣熨帖寒衣修整冬用之物也第三聯言若葉之浮起嫩綠者乃酒之初熟時也如橙之切破黃者乃蟹之正肥者也此為上呼下應格尾句言於是時也芙蓉菊花開滿園中俱可稱人之意賞翫之心從此莫相背也是必有感人之意存焉

增和

柯亭竹採自樓中
玉笛誰將弄晚風
雅韻清傳歸院落
餘音輕徹入簾櫳
數番嚮遏行雲遠
幾曲相催落日融
黃鶴樓中三弄罷
梅花落盡樹頭空

聞笛　劉後村

誰家吹笛畫樓中　斷續聲隨斷續風
響遏行雲橫碧落　清和冷月到簾櫳
興来三弄有桓子　賦就一篇懷馬融
曲罷不知人在否　餘音嘹喨尚飄蓬

釋義　遏止也碧落即天空三弄桓子即桓伊王徽之泊舟清溪伊過崖上徽之曰聞君善吹笛請為一奏伊素聞徽名據胡床三弄而去賦就馬融融漢人善吹笛作長笛賦云近時雙笛從羌起羌人代竹未及已龍吟水中不見形截竹吹之聲宛似此詩因聞笛而作首言笛吹於畫樓之中次言笛聲之接續間斷隨風之動止次言行雲橫碧落言其聲之高也和月到簾櫳言其韻之清三聯言吹笛合故典也末句言曲終不知吹笛之人在否但見悠長之聲尚在空虛之中而未絕也末句極有意趣

增和

祝融回馭已西流
萬物瀟條總是秋
幾處白雲飛遠岫
一行新鴈過南樓
黃花獨樂淵明興
落葉應添宋玉愁
況彼長途来往客
紛紛都被利名囚

長安秋望　趙嘏

雲物淒涼拂曙流　漢家宮闕動高秋
殘星幾點鴈橫塞　長笛一聲人倚樓
紫艷半開籬菊靜　紅衣落盡渚蓮愁
鱸魚正美不歸去　空戴南冠學楚囚

釋義　曙天色東方之初白也殘星將落之星塞遠塞也紅衣謂蓮花

增和

清閑自覺酒腸寬

瀟灑良晨盡醉歡

白髮雖悲今日帽

黃花聊插舊時冠

襟懷視彼乾坤窄

衣袂猶驚風露寒

倒盡芳樽多酩酊

傍人冷眼笑相看

釋義 虛空虛高之處即長空也沖浮滿也檣掛帆之高木櫓船尾搖動進船之具也此詩因賦舟中水中所見之景物并即其事而言也首言滿船載月而水光夜氣之浮次聯言思索於心隨檣影而未定夢寐驚動櫓聲而不安第三聯寫其月夜舟中之所見者星辰靜映於碧潭水裏所聞有鴻鴈悲鳴於紅蓼風中此布畫舟中之夜景也尾句漁燈依古岸露滴梧桐又即其遠見之物以結月夜之意

九日藍田

老去悲秋强自寬　興来今日盡君歡

羞將短髮還吹帽　笑倩傍人為正冠

藍水遠從千澗落　玉山高並兩峰寒

明年此會知誰健　醉把茱萸仔細看

釋義 落帽晉孟嘉九月初九日從桓温登龍山飲酒風吹帽落玉山藍田出玉故名玉山茱萸漢武帝宮人賈珮蘭作茱萸菊花酒於九月九日云飲之令人長壽此詩為重陽日答崔君會飲而作言嘗自嘆年老悲秋甚難排遣今日飲酒之興則為君盡歡而不復悲矣次聯言孟嘉落帽以侮桓温今日我與崔君歡飲故正冠以盡禮貌第三聯即崔氏莊山水之景可以供賞暢懷末則把茱萸細翫預恐明年如今日之會不可復得當畢盡其歡也

增和

白石歌残飯罷牛
忘機猶喜對眠鷗
千愁惟向秋来結
萬事須知老去休
幾點銀星螢照夜
數行錦字鴈横秋
西風涼雨關心久
憔悴携壺上酒樓

乃通六經大義號江湖散人

利欲驅人萬火牛　江湖浪跡一沙鷗
日長似歲閑方覺　事大如天醉亦休
砧杵相望深巷月　井梧搖落故園秋
欲舒老眼無高處　安得元龍百尺樓

釋義　火牛田單破燕城中得牛千頭畫五綵霞於牛背束刀於角繫綿於尾灌油燒之牛奔燕燕軍觸死甚衆言利欲之使人驅馳如火牛之疾速也元龍百尺樓昔許汜見劉備曰陳元龍無主客禮自卧床上使客卧床下備曰龍乃豪氣士也君言無可採用使備卧百尺樓卧君於地下爾此詩以思秋而賦首言利欲之奔馳不若江湖之閑樂次言日長閑覺事大醉休正見江湖之逸樂三聯砧杵響於里巷明月之中梧桐落於故園之秋景皆蕭瑟寂寥之秋思也砧杵井梧事見前註末言欲舒老眼以望萬里雲物景致之勝則無高處安得有元龍百尺之高樓耶

增和

澄江湛湛水浮空
夜月明涵冷氣冲
船在氷壺清影裏
人居玉鑑最光中
洲邊點點漁翁火
渡口瀟瀟楊柳風
幾度泊船登古岸
秋聲蕭瑟到梧桐

月夜舟中　戴石屏

滿船明月浸虛空　綠淨無痕夜氣冲
詩思浮沉檣影裏　夢魂搖拽櫓聲中
星辰冷落碧潭水　鴻鴈悲鳴紅蓼
一點魚燈依古岸　斷橋垂露滴梧

賦就金門期再獻

與朱山人　杜子美

錦里先生烏角巾　園收芋栗未全貧
慣看賓客兒童喜　得食階除鳥雀馴
秋水纔深四五尺　野航恰受兩三人
白沙翠竹江村路　相送柴門月色新

秋思　陸放翁

增和

秋色平分月乍昇　吳剛仙斧似聞聲
一輪寶鏡家家共　萬里河山處處明
水浸玉盤清影動　風傳丹桂異香生
高歌坐對更深候　衣袂不堪風露清

影相照之幽見陂上之物也林下泉聲自靜僻而來聞陂中之物末嘆其人世事故多端不足計較但逢佳景重陪賞飲此可見先生不為世務累其心也

中秋月　李朴

皓魄當空曉鏡昇　雲閑仙籟寂無聲
平分秋色一輪滿　長伴雲衢千里明
狡兔空從弦外落　妖蟇休向眼前生
靈槎擬約同攜手　更待銀河到底清

釋義 月白曰皓魄曉鏡李白詩云又疑瑤臺鏡飛上青雲端仙籟即風聲為天籟平分中秋也秋至中平半均分兔月中之玉兔蟇月中之蟾蜍弦謂每月初八為上弦二十三為下弦靈槎博物志昔有人居海上每年乘槎到天河見婦人織機丈夫牽牛此詩前四句專賦中秋月明之美後四句寓有清心克欲之意月明猶心之澄狡兔妖蟇喻外誘也末三句寓有不可安於小成之意

增和

雲白重重罩碧峯　井梧搖落動西風
芰荷綠墜池塘內　黍稌橫鋪畝畝中
散亂疎星螢照水

新秋　杜子美

火雲猶未斂奇峯　欹枕初驚一葉風
幾處園林蕭瑟裏　誰家砧杵寂寥中
蟬聲斷續悲殘月　螢焰高低照暮空

衡茅僅喜膝堪容
繞屋西風落葉紅
一鑑秋空千里皎
滿腔春意四時同
行藏每日惟憂道
出處隨時只用中
自是男兒須立志
乾坤未必困英雄

閑来無事不從容　睡覺東窗日已紅
萬物静觀皆自得　四時佳興與人同
道通天地有形外　思入風雲變態中
富貴不淫貧賤樂　男兒到此是豪雄

釋義 此詩明道以偶然而成從容即清閑自得猶自會與人同與人同有也首句言清閑從容次言東窗之睡至日紅乃醒可見其從容也静觀萬物之生動息與己胸趣之悠然而自會四季之佳景幽懷乃與人同有三聯言道體充周磅礴通乎形骸之外即中庸所謂語大天下莫能載焉是也思之所感紛紜不一入於風雲變態之中居富貴則不奢侈縱慾而至於淫蕩居貧賤則樂天知命不改其樂人而至此是為豪傑之男子

增和

波光雲影共徘徊
氣象巍巍北有臺
浪静東西清徹底
天涵上下皎然開
孤蟾倒浸明明照
活水長流混混来
載酒来遊因有約
一樽佳喜共相陪

遊月陂　前賢

月陂隄上四徘徊　北有中天百尺臺
萬物已隨秋氣改　一樽聊為晚涼開
水心雲影閑相照　林下泉聲静自来
世事無端何足計　但逢佳節約重陪

釋義 徘徊躊躕顧盼之意秋氣肅殺之氣此詩因遊月陂而賦也首言登月陂之隄而躊躕回顧在北偶有百尺之臺高聳中天次言萬物之生意至秋蕭條而更改自是薄設一樽之酒以向晚涼飲樂三聯水心雲

幽人六月逃煩渴
来此藤床石枕随

增和

幸辱高軒過我庭
愁懷如醉頓然醒
關心舊事欲同話
暢意清談喜共聽

釋義 棘荆棘有刺木也漣漪澄清之水籜笋殻也此詩全咏新竹首言初種之時用棘以護持之恐為牛羊所残壊也次言培養已成青碧映水之清有幽趣二聯言清風掠地而先到言榦之高也赤日當午而不知見陰之密也第三聯用解籜聞聲簌簌放稍見影離離籜初解稍始放又所以狀其新也末言竹之奇雅可愛歸閑之時我欲常常来此觀翫甚至一枕一席之坐卧亦到此以相随

表兄話舊 竇叔向

夜合花開香滿庭　夜深微雨醉初醒
遠書珍重何由達　舊事凄凉不可聽

堦下芝蘭多吐秀
庭前棠棣覺凋零
那堪明日又分手
忍聽陽關柳色青

增和

去日兒童皆長大　昔年親友半凋零
明朝又是孤舟别　愁見河橋酒幔青

釋義 夜合花名朝開夜復合此詩因表兄别久相訪而話其舊日之情首言始會於花下微雨初醒之時次聯言珍重信息隔遠無由而通於舊日之事説起凄凉不可聽聞三聯言前日所見兒童今皆長大昔年親厚之友一半凋零叙情之間又有一喜一悲之意結言今日雖會明朝又是乘孤舟以相别離多會少見河橋酒幔又加重愁也

秋景

偶成 程明道

曬粉於花枝蛛網時晴而添絲於屋角見物之亦能識時也第三聯言薰跡以邀月影枕虛以納溪聲見其坐卧有優悠自得末言感衰老将至欲投閑於江村之上爲漁樵之樂以度平生

輞川積雨　王摩詰

積雨空林煙火遲　蒸藜炊黍餉東菑
漠漠水田飛白鷺　陰陰夏木囀黃鸝
山中習靜觀朝槿　松下清齋折露葵
野老與人爭席罷　海鷗何事更相疑

釋義　槿花名有黃白二色露葵菜名又一名蓴此詩因在輞川積雨即川中事而賦也首二句言積雨之故次聯言川中物有得所之意三聯言觀槿折葵有隱逸獨樂之意末句言與物相忘野老雖有爭席之狀已罷去海鷗何用相疑而不相親狎者乎不相疑即莊周所謂海翁忘機鷗鳥不飛之意也

增和

[illegible]顏雲陰收雨遲
麻城麥熟滿東菑
粉衣輕曬雙飛蛺
金縷閑敲百囀鸝
[illegible]畝漸看滋黍稌
[illegible]窗何用假蒲葵
[illegible]閑收拾歸圖畫
[illegible]墅風光豈復疑

新竹　黃山谷

插棘編籬謹護持　養成寒碧映漣漪
清風掠地秋先到　赤日行天午不知
解籜時聞聲簌簌　放梢初見影離離
歸閑我欲頻来此　枕簟仍教到處隨

增和

解籜新篁不自持
琅玕鬱鬱映清漪
綠陰先向窗前佈
堅操須從雪後知
粉節含香時馥馥
[illegible]

增和

湛湛澄江江心水流
江村風景足清幽
黃金梭擲柳間鳥
白雪常浮水面鷗
少婦繅絲頻煑繭
兒童抛餌謾垂鈎
白沙翠竹娛情美
養拙何須分外求

江村　杜子美

清江一曲抱村流　長夏江村事事幽
自去自来堂上燕　相親相近水中鷗
老妻畫紙為棋局　稚子敲針作釣鈎
多病所須惟藥物　微軀此外更何求

釋義 此詩亦賦草堂之景也抱村流曲江之水圍村而流當夏之時江村之景物事事之幽雅下六句正見其事事幽也燕鷗言事物之幽棊局釣鈎言人事之幽燕之自去自来見物之得其所也鷗之相親相近見公之與物相忘也妻子各為嬉戲之具見公之俯仰無累妻子飽暖而樂也末言多病所用者惟藥石以治之自此之外更無他求則公廉靖之節稱此江村之幽美也

增和

南来一味午風清
繞屋榴花似剪成
樹綠晝時鋪大地
梅黃時雨美新晴
虛窗琴調莫猜韻
院落棋敲剝啄聲
石枕竹床高卧穩
懐人無柰渴心生

夏日　張文潛

長夏江村風日清　簷牙燕雀已生成
蝶衣曬粉花枝午　蛛網添絲屋角晴
落落疎簾邀月影　嘈嘈虛枕納溪聲
久班兩鬢如霜雪　直欲樵漁過此生

釋義 此詩以夏日為題皆道村中夏天景物首言夏日而風景清和次言燕雀生成於簷牙之間盖燕雀春卵而夏成也次聯言蝶衣當午而

愁緒結来心欲碎
歸情動處翼将生
故園應有蓴鱸美
回首秋風孰與爭

自是不歸歸便得　五湖煙景有誰爭

釋義　無情言忽然即去不可復留蝴蝶夢出莊周杜鵑花名故園故鄉也經年言其久絕無也華髮少年華茂之髮五湖范蠡扁舟遊五湖謂洞庭湖彭澤湖青草湖雲夢湖巴丘湖此詩因淹留旅邸而賦也首言水流花謝二者本無情之物在旅久只見水流花謝時序之變遷次聯因夢中而思家之遠見月色而覺更之深言旅邸之凄涼也三聯言家書久絕髮容衰老末嘆其不欲即歸苟欲便歸即五湖煙波之景有誰敢與爭者乎

答李儋　韋蘇州

增和

昔日與君同話別
寥寥虛度此芳春
青氈木榻尋常坐
紙帳梅花體自眠
庭院晝長飛柳絮
闌堦雨過長苔錢
相思兩地不相見
空對南樓望月圓

去年花裏逢君別　今日花開又一年
世事茫茫難自料　春愁黯黯獨成眠
身多疾病思田里　邑有流亡愧俸錢
聞道欲来相問訊　西樓望月幾回圓

釋義　黯黯傷別慘切之意此詩荅李儋因寓自謙之意言世事不定難以料度春愁云者因傷別而致愁寂寞孤眠而已第三聯言本欲棄官而歸田里忝新治之邑民有流亡享俸而有愧其爲苟祿也末言且聞尓親来訪問又不見至徒使我懸望光陰轉邁惟見月幾回之圓缺而已

夏景

日佳麗被祿山亂後無如舊時堂無人居故翡翠巢其上塚荒廢故野獸卧其處即所謂漢朝宮闕皆陵寢國山河半夕陽之意也末結言細推物理之變遷如此當安分作樂虛浮之名利何得羈絆此身乎

其二　前賢

朝回日日典春衣　每日江頭盡醉歸
酒債尋常行處有　人生七十古來稀
穿花蛺蝶深深見　點水蜻蜓欵欵飛
傳語風光共流轉　暫時相賞莫相違

增和

得價香醪竟典衣
江頭日日醉扶歸
人生漸見朱顏改
鬓脚俄驚黑髮稀
灘下潺潺流水急
風中片片落花飛
樽前好稱尋常樂
莫待韶華與我違

釋義　典春衣古人有典衣沽酒言債孫濟不治產業常醉謂人曰尋常欠人酒債欲質此縕袍償之稀少也蝴蝶花中之虫蜻蜓水面之虫春時多出此詩亦居曲江而賦第一聯言酒債尋常可得人生至七十自古稀少所以每日江頭之醉飲也第五六句聯寫曲江之景有穿花之蝴蝶點水之蜻蜓言物情之得趣有契於吾心之意可以酌賞末二句言人事與風光之景共流轉暫時相賞當逢時作樂不可虛度也

旅懷　崔塗

水流花謝兩無情　送盡東風過楚城
蝴蝶夢中家萬里　杜鵑枝上月三更
故園書動經年絶　華髮春惟兩鬓生

增和

晚上歌樓縱酒情
倚欄極目望山城
家書久絶路千里
好夢難成夜幾更

鞦韆春戲

鞦韆　洪覺範

畫架雙裁翠絡偏　佳人春戲小樓前
飄揚血色裙拖地　斷送玉容人上天
花板潤沾紅杏雨　綵繩斜掛綠楊煙
下來閑處從容立　疑是蟾宮謫降仙

釋義　鞦韆事見東坡春宵前註翠絡即翠繩血色紅裙也此詩專咏鞦韆第三四句咏人之美言衣裙鮮紅飄揚拖地之長玉容美貌斷送如上天之高第五六句聯言物之麗足踏之花板則潤沾紅杏花雨手執之綵繩則斜掛綠楊之煙結復言鞦韆罷下來從容而立則見其鮮裳美

增和

啼鳥聲中催暮春
落花偏惱惜花人
新詩遺恨頻留興
舊酒消愁謾入唇
笑訊沙汀眠水鳥
幾時郊野出群麟
人生得酒須當醉
過隙白駒老此身

貌如月宮降下之仙娥也

曲江　杜子美

一片花飛減却春　風飄萬點正愁人
且看欲盡花經眼　莫厭傷多酒入唇
江上小堂巢翡翠　苑邊高塚卧麒麟
細推物理須行樂　何用浮名絆此身

釋義　此詩為傷春感時事而增慨也言花落一片已減春色況風飄萬點花下將盡正使人之傷愁今看欲盡之花當劇飲以賞餘春莫厭入唇之酒而傷多也第二聯亦因暮春而感觸人事之變意謂曲江風景昔

南北山頭多墓田　清明祭掃各紛然
紙灰飛作白蝴蝶　淚血染成紅杜鵑
日落狐狸眠塚上　夜深兒女笑燈前
人生有酒須當醉　一滴何曾到九泉

釋義 掃芟除去荒草也紛然人多紙灰飛作白蝴蝶所焚之紙因風飄起如蝴蝶之飛啼淚染在唇口如杜鵑之啼血狐狸妖獸形如猫性多疑夜歸見女笑燈前見祭祀之禮皆虛文矣末復嘆言人生世間有酒當盡歡而醉以慶情一滴之少何曾得入於九泉之下

郊行即事　程明道

芳原綠野恣行時　春入遙山碧四圍
興逐亂紅穿柳巷　困臨流水坐苔磯
莫辭盃酒十分醉　祗恐風花一片飛
況是清明好天氣　不妨游衍莫忘歸

釋義 恣盡意也困疲倦也磯水邊之石釣魚之處妨害也游衍謂寬懐而行樂先生郊行即其所事而為詩言恣意遊翫之時則見遠山四面青碧如圍逐紅穿柳則有艷陽之色臨流水坐苔磯則有清幽之趣可翫盃酒十分滿莫辭其醉風花一片之少祗恐其落言佳景之可惜也結言況是清明天氣之美麗雖遊行而歸遲亦無害也

增和

散步郊原雨霽時
雲雲森柳四周圍
喬松林下循樵徑
流水邉溪翫釣磯
片片野花成子落
雙雙社燕引雛飛
良辰正好閑遊衍
杜宇無端慢促歸

增和

紅紫芳菲花獻笑
清明郊野使人愁
雨催南圃桃葩落
風擺西園柳絮柔
疊疊荒墳多士庶
纍纍新冢有公侯
興亡今古滔滔事
貴賤同歸一土丘

暮以奏茄也

清明

黃山谷 名庭堅字魯直豫章人宋元祐中爲太史

佳節清明桃李笑 野田荒塚只生愁
雷驚天地龍蛇蟄 雨足郊原草木柔
人乞祭餘驕妾婦 士甘焚死不公侯
賢愚千載知誰是 滿眼蓬蒿共一丘

釋義 野田山野之田荒塚荒野之塚也觀此景則生愁雷驚雷震動也蟄藏也雷動則龍蛇之藏者皆奮動柔華麗也人乞祭餘驕妾婦孟子所謂乞其餘不足云云施施從外來驕其妻妾是也士甘焚死不公侯晉

清明祭塚

文公名重耳出奔十九年而後反國嘗飢於曹介子推割股以食之及反國賞從亡者狐偃趙衰顛頡魏犨而不及子推子推之從人懸書于門曰有龍矯矯頃失其所五蛇從之周流天下龍飢乏食一蛇割股龍反於淵安其壤土四蛇入穴皆有所處一蛇無穴號於中野公悟曰寡人之過也使人求之不得隱綿山中焚其山子推死焉時人禁煙火爲之寒食蓬蒿二草名前四句言清明之景第五聯言子推之廉節齊人之貪昧第七句賢愚頂上二句子推之賢齊人之愚言賢愚至世遠難辯只見滿眼蓬蒿共一土丘而已

清明日

高菊磵

嘆思故人

增和

烏飛兎走乾坤裏
寒食時逢值歲華
野火莫藏紅杏樹
輕煙散入野人家
江山處處鳴啼鳥
苑囿紛紛舞落花
陌上酒濃聊自醉
莫教日暮動悲笳

鯉魚中有尺素書古以魚鴈能傳書同叔以所懷故人乃寓意於詩首言以所遇之人今不復再見如峽之雲無踪跡任其自散於東西其在梨花院落賞月之時柳絮池塘吟風之樂尚懸所思而況於寂寥傷酒之后禁煙蕭索之中景色凄涼思慕之其傷情愈甚矣即長恨歌唐明皇思貴妃所謂春風桃李花開夜秋雨梧桐葉落時即此意味也復嘆其書信欲寄無由得到只爲水遠山長之阻隔故也

寒食書事　趙元鎮

寂寂柴門村落裏　也教插柳記年華
禁煙不到粤人國　上塚亦携龎老家

漢寢唐陵無麥飯　山溪野逕有梨花
一樽徑籍青苔卧　莫管城頭奏暮笳

釋義村落裏鄉村之裏寂寂人家稀少而靜僻插柳古者寒食日插柳于門龎老龎德公携妻子登鹿門山採藥不反陵寢帝王之墓笳胡人捲蘆葉吹之此詩因寒食日遇村落而書其事也言雖以寂寞之村落尚知插柳以記節之韶華二聯言南粤無禁煙火之俗故曰不到龎公有上塚之禮故言亦携第三聯言漢朝之寢唐國之陵雖曰帝墳然世遠人絕無麥飯以祭掃之不如山溪野逕雖爲村鄉則有梨花之艷可以適情其寂寂之景如此不若飲一樽而醉卧於青苔之上忘懷自樂不顧城頭日

三元御宴

增和

花插盈頭酒滿卮
酒浮碧色映花枝
寵逢海宇澄清日
幸值明良際遇時

飲也

插花吟

邵康節 名雍字堯夫居洛陽自號安樂先生 贈秘書少著作郎 元祐中賜謚康節

頭上花枝照酒卮　酒卮中有好花枝
身經兩世太平日　眼見四朝全盛時
況復筋骸粗康健　那堪時節正芳菲
酒涵花影紅光溜　爭忍花前不醉歸

釋義 卮酒杯以角為之兩世父子兩代四朝謂四帝繼承芳菲景色華麗此詩為插花飲酒而吟首二句言花酒相映之有美趣次聯言父子身歷太平賢君繼作三聯言既有身體康健時節芳菲當逢時作樂末再提出酒卮花影涵映溜滴之美爭忍得舍花酒而不盡情以醉歸乎此康節得性分之真樂也

醉裏相看花艷麗
庭前日喜景芳菲
有花有酒應堪樂
拚却樽前酩酊歸

寓意

晏同叔 名殊七歲能屬文 除正字居秘閣

油壁香車不再逢　峽雲無跡任西東
梨花院落溶溶月　柳絮池塘淡淡風
幾日寂寥傷酒後　一番蕭索禁烟中
魚書欲寄何由達　水遠山長處處同

釋義 油壁香車以香木為之美人所乘之車也魚書古文云呼童烹

上元遊賞

增和

星月光輝燭上臺
玉連火樹寶蓮開
嫦娥攬轡六龍御
遊客吹簫引鳳來
霑宴承恩知有幸
調元贊化愧非才
萬方共樂雍熙治
黼座遙斟萬壽杯

之宸遊三元謂上元中元下元華封祝華封人祝聖人欲其富壽多男子此詩言天子出遊則見鼇山之高客燈燭之繁簇既喜共御輦之幸臨又言天子非為三元而出好逢時作樂且所樂同萬眾之人心與民同也由是又遇良宵佳景在天上有月色之清朗在人間有春意之融和自是臣子感君上之恩效華封之祝欲其君之年壽齡長沾恩久遠矣

上元應制　王禹玉

名珪宋慶曆中試學士院及第

雪消華月滿仙臺　萬燭當樓寶扇開
雙鳳雲中扶輦下　六鼇海上駕山来
鎬京春酒霑周宴　汾水秋風陋漢才
一曲昇平人盡樂　君王又進紫霞杯

釋義　仙臺若神仙之臺言景致佳麗也寶扇御扇飾以金玉於其上鳳輦天子御輦刻鳳輔輦六鼇東海有方壺蓬萊等山無根住連隨波上下上帝命策六鼇戴之鎬京武王建都處今屬河南汾水汾河漢武帝遊幸之處紫霞杯琥珀為之似紫霞此詩為奉制命而作言積雪消融而月明仙臺萬燭樓中寶扇兩開天子在坐上雙鳳雲中而扶輦言車駕從高而下以應寶扇開也六鼇海上駕山来言鼇山之高以應萬燭當樓也三聯引周武王事言今君臣宴食之美盛非如漢武帝汾水宴羣臣於汾水酒酣作秋風賦之陋末頌有昇平一曲與民同樂又進紫霞杯以罄情盡

增和
記日參商各一涯
彩毫無復夢生花
消愁酒酌葡萄綠
破悶茶烹粟粒芽
孤館信知空歲月
浮生徒自老年華
故人千里不相見
搔首臨風幾嘆嗟

答丁元珍　歐陽永叔

春風疑不到天涯　二月山城未見花
殘雪壓枝猶有橘　凍雷驚筍欲抽芽
夜聞啼鴈生鄉思　病入新年感物華
曾是洛陽花下客　野芳雖晚不須嗟

釋義 洛陽屬河南府此篇公因答元珍来晚而寓言春意之遲言氣機有定候今我疑其春意何不到天涯此首句作一總目何以見其不到也二月山城花尤未發况殘雪尚壓花枝未融橘在樹尚未落雷驚凍未鳴筍抽芽未長若此者疑乎春風之未到也聞啼鴈而悲愁故生思鄉之意病入新年故感慨景物華美時序之一新由是又自解曰我曾是為洛陽花下之賞客野外芬芳之春色雖晚又何須嗟

增和
銀花火樹總森森
鳳輦香車喜並臨
遊翫克隨黎庶賴
觀光同樂萬方心
聲傳絃管鳴高調
綵結鼇山鎖翠陰
此夕金吾盡弛禁
追歡莫惜五更深

上元　蔡君謨 名襄宋慶曆初以文章鳴當時

高列千峯寶炬森　端門方喜翠華臨
宸遊不為三元夜　樂事還同萬衆心
天上清光留此夕　人間和氣閣春陰
要知盡慶華封祝　四十餘年惠愛深

釋義 此詩襄在朝而賦上元景物之盛君臣同歡之樂千峯謂鼇山之布密寶炬燈燭也端門天子正南之門翠華御駕也宸遊天子出遊謂

增和

水滴銅龍鳴漏箭
春生丹陛艷仙桃
光浮御氣龍顏近
殿擁祥雲鳳闕高
紫綬班聯排玉筍
黃麻詔草染霜毫
重霑雨露承恩寵
烏帽深慙鬢二毛

明解增和千家詩註二卷

宋名賢　謝疊山　註

春景　奉和賈至舍人早朝大明宮

杜子美

五夜漏聲催曉箭　九重春色醉仙桃
旌旗日暖龍蛇動　宮殿風微燕雀高
朝罷香煙携滿袖　詩成珠玉在揮毫
欲知世掌絲綸美　池上于今有鳳毛

釋義　五夜漢魏以来名夜有五起於甲夜止於戊故謂五夜箭漏箭也九重天子尊居九重仙桃漢武帝時有青鳥集於承華殿前帝問東方朔朔曰今日王母必降是夕母至以桃七枚母自啖其二枚以五枚與帝龍蛇動旌旗上雉尾也絲綸禮記云王言如絲其出如綸池謂鳳凰池賈至曾之子曾嘗為中書舍人掌制誥從明皇幸蜀為中書舍人帝即位賈譔冊既進稾帝曰昔先帝誥命乃父為之今茲冊命又汝為之兩朝盛典出卿家父子可謂繼美矣此詩首言五更之漏催曉天尚未明天子初視朝其時和氣滿容如食仙桃而有醉色少焉天明見日映旌旗上龍蛇之動風微吹殿閣燕雀之高飛初聯早朝之事次聯大明宮之景物三聯退朝有詩而兩句就美其詩結聯即舍人之事而歸美之也

賈至朝帝